今夜，
我们就用蛙声交谈

Tonight Let's Chat in the Frog's Language

林德荣 著

南方出版传媒

花城出版社

中国·广州

图书在版编目（ＣＩＰ）数据

今夜，我们就用蛙声交谈 / 林德荣著. -- 广州：
花城出版社，2018.9
ISBN 978-7-5360-8739-2

Ⅰ. ①今… Ⅱ. ①林… Ⅲ. ①诗集－中国－当代
Ⅳ. ①I227

中国版本图书馆CIP数据核字(2018)第199281号

出　版　人：詹秀敏
责任编辑：张　懿　陈诗泳
技术编辑：凌春梅
装帧设计：刘　菁

书　　名	今夜，我们就用蛙声交谈
	JINYE, WOMEN JIU YONG WASHENG JIAOTAN
出版发行	花城出版社
	（广州市环市东路水荫路 11 号）
经　　销	全国新华书店
印　　刷	恒美印务（广州）有限公司
	（广州南沙经济技术开发区环市大道南路 334 号）
开　　本	880 毫米×1230 毫米　32 开
印　　张	5.375　2 插页
字　　数	73,000 字
版　　次	2018 年 9 月第 1 版　2018 年 9 月第 1 次印刷
定　　价	45.00 元

如发现印装质量问题，请直接与印刷厂联系调换。
购书热线：020－37604658　37602954
花城出版社网站：http://www.fcph.com.cn

晨钟响起

钟声麦子般挂满枝头

叶子上抒情的露珠

流泻母性之光

林德荣

福建省武平县人，1970年出生。中国作家协会会员，广东外语外贸大学客座教授，新闻专业高级职称。曾任广东省佛山市委宣传部副部长，现在广东省委宣传部工作。已出版《可怕的顺德：一个县域的中国价值》《中国千亿大镇》《一个人的篝火》《社会的体温》等著作。

序

客与乡的诗歌辩证

陈培浩

海德格尔说过"诗人的天职在于还乡",这个"乡"不是现实性的归宿,而是精神性的领地。现实的故乡正在发生着天翻地覆的变化,有的人不想回去,有的人想回而不得。可是"还乡"不仅是肉身回到故乡走一遭,"还乡"是把故乡建构成一种面对世界的精神资源。所谓"记得住乡愁"不是要做一个愁肠百结的现代人,而是不管现代的景观如何深入幻化,始终做一个有故乡的人,一个有精神领地的人。

问题在于,精神还乡对于现代人并非易事。古代士人,或游学四方,或仕进他乡,不管居庙堂之高还是处江湖之远,朝堂官人可以告老还乡,乡野秀才也可落叶归根，故乡如明镜，等待着游子归来时将他们揽入怀中。可是当现代性发生之后，故乡迅速成了不够现代的所在，知识精英回首故乡常带着复杂的情绪。鲁迅带着现代的知识和眼光重新打量故乡时，便产生了一种深深的喟叹和精英的俯视；沈从文虽无限眷恋并歌唱他的"边城"及其美好人性，现实人生却是宁做北平穷学生，不做湘西阔乡绅。故乡对现代作家来说真是意味深长、一言难尽，故乡写作也成了近年中国当代文学中的重要现象和征候。不管是阎连科的"丁庄"、梁鸿的"梁庄"、雷平阳的"土城乡"、黄金明的"凤凰村"、徐俊国的"鹅塘村"书写，还是黄灯等人的博士还乡记，都在折射着"故乡"对于当代中国人的精神分量。

故乡写作异彩纷呈，林德荣的诗集《今夜，我们就用蛙声交谈》却有着自身独到之处。与很多当代作家从社会学、人类学视角聚焦时代变迁产生的乡土裂变不同，林德荣始终把故乡视为赖以永味的精神出发地和审美栖息地。通过对故乡风土人情的细致刻画，他既对故乡淳朴的人情充满赞美，又以悲悯凝视着故乡人对苦难的坚韧承担。他的故乡书写，既洋溢着人性的力量，又印证着生生不息的客家文化重量，从而使故乡成了一个具有心灵抚慰力量的精神领地。因此，林德荣不是在一般意义上书写家乡、赞美故乡，他通过对故乡的眷顾、回望和凝视重建一个可以安身立命的精神原乡。

有必要深入谈谈林德荣故乡书写的精神内涵。首先，它以从未离开的故乡之心，揭示了高度城市化背景下乡土远逝的焦虑和精神还乡的渴求。且以诗集总题为例，《今夜，我们就用蛙声交谈》，我感兴趣的是诗人面对青蛙那种亲人般的姿态——"我在你的歌声中走出山村／走进有霓虹灯的都市／而你从未离开过家乡／没离开过祖先的家园"，我进城，你守乡，阔别已久，今夜重逢，一切竟然熟悉得就像从未离开，因为我们可以用蛙声交谈。此处蛙声隐喻着故乡语言，走进城市的游子如果有一天对蛙声感到陌生甚至聒噪，这意味着他的心跟故乡已经隔膜；可是归来的诗人却像从未离开一样，"今夜，我们就用蛙声交谈"说的是，诗人依然跳动着一颗故乡的初心，因为青蛙的"歌声已经刻进了我的人生"。1991年，当林德荣写作《今夜，我们就用蛙声交谈》时，他是因为眷恋故乡而写；今天，在中国城市化程度愈来愈高的背景下重读这首诗，却有着新的意味。众所周知，媒体和科技正在创造鲍德里亚所称的"拟象"世界，虚拟现实、人工智能越来越成为一种普遍现实。当微软程序小冰已经可以写诗的时候，很多孤独的城市人宁愿和某个聊天程序谈一场虚拟的恋爱；当环境的恶化问题成为一个全球性难题的当下，我们每天在屏幕里看到的美景远远多于实际生活中的美景。醉心生活于拟象世界的人们是没有故乡向往的，于是也丧失了来自故乡的精神养分。可是在拟象日益成为一种超级现实的背景下，一声真实的蛙声的精神重量比之过往任何时候都更加突出。有多少人已经很久没有听到一声真实的蛙声了，更别说用蛙声交谈，他们倒是每天在手机上玩"旅行青蛙"。所以，在今天的背景下，出一部叫《今夜，我们就用蛙声交谈》的诗集，它或许寄寓了诗人以故乡之真疗救拟象之幻的良苦用心。

其次，林德荣的故乡书写是一种通达人心的写作。洞悉人情、体恤人心的写作才能让人动容。林德荣对于故乡总是充盈着无限的记忆和深情，这种深情不但指向于山川河流、日月星辰、暮色晨曦、草木枯荣、牲畜生灵，更是指向于勤劳朴实的故乡人，特别是坚韧承担的客家女性。他惦记那位卖豆腐的女人的吆喝声，"而你是在我梦中／拉亮了灯光"（《卖豆腐的女人》）的人。他念兹在兹的其实是这些普通客家女性米粒般平凡的日子背后不为人知的酸楚，"男人出远门了／她们挑起生活的担子／／她们种下作物也种下思念／此时，山歌成了田埂／让劳累的女人田间休息／山歌在空中轻盈盘旋／像护着家园一样护着作物／／男人无法知道这一切／他们回来后／微笑在田埂上转悠／而田埂和作物始终缄口不言／／一季，二季……／少女唱着山歌变成母亲／母亲唱着山歌悄悄消失"（《客家女人》）。这里既悲悯其苦楚，又申表其坚韧，节制的描写中饱含着深沉的情感。难能可贵的是，诗人作为男性，却能转而体恤并同情女性的伟大承担。事实上，对女性的赞美乃是各国文学皆有之传统，但是大多只有赞美而没有体恤，这种赞美不过把女性牢牢锁定在那个奉献者的位置上。林德荣的诗，贵有真切的同情心。对于客家女性，他既表彰其德，更悲悯其苦。不能理解人心受苦的诗歌，终究是空心而无力的；反过来，诗歌一旦通达人情，自然也就直指人心。

再次，林德荣的故乡书写也是由人心接通文化的精神勘探。他写客家女性，当然是体恤其苦难，歌唱其坚韧，但他的同情和赞美并不仅施于某个个体，而是推及整个群体并勘探着这种精神力量的文化来源。与传统社会男耕女织的分工有所不同，客家尊崇耕读传家，男性出门求功名，女性则担负起繁重的农事耕种。跟温婉娇俏的江南女子不同，客家女性得了一份山歌一样的厚朴。"日落时分 / 山道弯弯 / 飘下一群客家女 / 从山谷挑回暮色"（《从山谷挑回暮色》），这精练的简笔画中，勾勒了传统客家女性代代相传的命运，以及承担这种命运的坚韧文化力量，这显然已超越于一般的赞美而升华至为客家女性精神立传的高度。林德荣的故乡写作贵在通过对客家风俗画卷的勾勒，既贯穿着一种感人至深的理解之同情，又勾连起某种坚韧不拔的文化德行。这样的故乡，既有其情感温度，又有其文化刻度，在世界被拟象化的背景下，这样的故乡写作让异乡人一次次在精神上重返故乡。

必须提及的是，林德荣虽不常在诗坛出现，可称为"非专业选手"，但他的很多技巧却娴熟自然，并渗透着深刻的生命感悟，有着很高的艺术水准。上面提及的《从山谷挑回暮色》一诗，"挑"与"暮色"的拼贴，化虚为实，是精彩的诗笔。他也擅长蒙太奇跳跃，纯熟恰当的技巧往往使诗歌感人肺腑，这充分体现在他写父母亲的作品上。他写雨中母亲送"我"回城：

看着摇摆的背影我坠入童年
雨丝中的母亲如歌谣让我动情
我的眼睛开始模糊
透过这灰白的景象

我闯入家谱的一页插图
——《闯入家谱的一页插图》

这首诗最特别之处在于突然由送别场景跳跃到"我闯入家谱的一页插图",由实入虚打开一种隐喻性的阐释可能。家谱乃是代代相传的血缘关系框架,它是奠基性的,却又是缺乏细节的,它是规范的正文,却没有插图那样的血肉。所以,诗人大概想说,母子送别这样的情景虽然不能写入家谱,却又是世代相传的家谱中最真切的隐藏页。"家谱/插图"这个精彩的比喻成了此诗的修辞和意义基础。他还善于赋予物象以情感,他写雨中的母子送别,雨声因此凝结了无限的乡愁和怀亲之思,"母亲牵着我走出童年的脚步/和今夜的雨声十分相似//我在黑夜睁开眼睛/用心听着今夜雨声"(《走出童年的脚步》)。相比于对母亲的魂牵梦绕,父亲形象较少在林德荣这部诗集中出现,但少有的出现,却以一种白描手法和蒙太奇并置产生了令人难以忘怀的印象。在《远乡的檵木花》中,诗人由二月飞

雪写起，又从无轨电车上的白雪联想到家乡山里的
檵木花，再由花开而跳至父亲的伤逝：

二月里，她就要绽放
二月里，父亲合上疲惫的眼

这是非常精彩含蓄的反差蒙太奇：一方面，飞雪、
白花颜色相近，它们又和伤逝在感情上获得同构性；
另一方面，花朵绽放又跟至亲伤逝构成强烈反差，
诗由雪而花，由花而逝，将强烈的感情浓缩在静穆
的画面中，令人动容！他也善用比喻，比如他对方
言的比喻："旅途有了同乡／方言／就成了彼此的行
李／里面装的／全是沉甸甸的名字"（《方言》），
这个表达别致而精彩，非有阅历者无法道来。行李
是我们人生旅途不可或缺的贴身之物，方言是家乡
馈赠的行囊，也是人生旅途中文化认同的重要标志，
当然，没有深厚的故园之情，也是写不出这样的比
喻的。此外，《日子》《清明》《名字》《明天》
这些作品都有着精彩的见解和譬喻。海德格尔谓"语

言是存在的家园",或谓,语言的边界就是世界的边界。对于诗而言,不可能抛开语言,所谓用"蛙声交谈"其实便是用一种更内在的故乡语交谈,正因为他始终守护着这种精神上的故乡语言,他的写作才始终守护着故乡,并演绎着城市异乡人关于客与乡、漂泊与还乡的诗歌辩证。

必须补述一笔的是,《今夜,我们就用蛙声交谈》这部诗集共六辑,收录作品主题涵盖了故乡、青春、爱情、存在和革命等诸多命题,书写了望月怀乡、激情飞扬、青涩纯粹、深刻透彻或历史回望等情思,这些书写各有面目和佳处,上面突出分析其故乡书写,不过是抛砖引玉,期待读者和方家可以对其他方面有更深入的解读。

是为序。

自序

一颗诗心，是人生最好的礼物

我是突然开始写诗的。

1988 年的秋天，上海的徐家汇还不是很繁华，比较出名的建筑只有上海体育馆和华亭宾馆。当然，这种大上海的都市场景，已经让来自边远农村的我大开眼界了。

有一天，在校园的某个角落，突然发现一堆锈迹斑斑的空油罐，一种感慨油然而生。这些曾经被丢弃在家乡小城镇的东西，似乎也跟着来到上海大都市了！此情此景，触动了一个十八岁青年的心，马上联想起自己的命运。于是，在一个上自修课的夜晚，我提笔在作业本上写道："你锈泪斑斑的记忆里 / 母亲忧伤的眼睛 / 支撑着你……"

这应该是我写的第一首诗。作为一个理科生，我之前并没有写过什么诗歌作品，阅读到的诗歌作品也只限于课本里。初中和高中阶段的学习又十分紧张，没有时间也没有闲心。另外，同学当中也没有喜欢文学的，缺少这样的氛围。

　　我出生在福建省武平县的川坊村，虽然是一个偏僻的小山村，读书风气却很浓，真正那种客家人的耕读传家，许多家庭都能找到几本书。像中国的四大名著，我是在小学时候读的。父亲当年有本繁体字、竖排的《说岳全传》，我经常从他床头拿走，他发现我也在读很吃惊，没想到才读小学三四年级的人能读懂繁体字的书。记得读完邻居家的《聊斋志异》后，我就不敢一个人上自家的楼房了。但乡下的书还是少，我见书就读，哥哥和堂哥的初中、高中语文课本，堂叔伯家的报纸、杂志，都拿来读。

　　虽然是个理科生，但我语文还比较好，高二文理分班后，我的语文成绩在班上名列前茅，在高三阶段，语文老师李思庚有时还把同学的作业交给我来改。让人意想不到的是，高考偏偏是语文成绩出了问题，连班上平均分都没有达到，与第一名相差了二十多分。当时我始终认为是评卷老师搞错甚至是登分的老师搞错。初中考高中的时候，我的英语成绩就是七十四分被登成四十四分，硬生生少了三十分。但高考的查分更困难，作为一个农村孩子，申述无门，人生轨迹彻底被改变。我是带着苦闷、悔恨、自卑的心情来到上海的。

在得意张狂的青春年少时代，第一次遭受沉重人生打击；第一次远离父母家乡，来到一个陌生的大城市，要忍受乡愁煎熬。

这些情绪需要一个出口，诗歌也许是表达这种情感的最好方式。对我来说，提笔写诗，是有功利性的，没有那种诗意如女神般降临的浪漫。我写诗，就是因为孤独、痛苦需要倾诉，人生命运遭受了打击需要疗伤。

尽管"动机"是如此不纯，但我近乎疯狂地喜欢上写这些分行的文字，喜欢通过这些优美的文字营造意象，喜欢把自己的各种思念、寄托，以及对人生的思考，肆无忌惮地用这些分行的句子表达出来。

这时我也开始大量阅读诗歌作品，每期的《诗刊》是必买的，报纸副刊的诗歌作品也是必读的。每个周末，我都带上一块面包，坐一个多小时的公交车去上海图书馆，在那里可以阅读到全国各地杂志上的诗歌和报纸上的诗歌，在那里我也开始阅读一些文学、哲学理论等方面的书籍。当时读得比较多的是中国诗人的作品，如戴望舒、刘半农、舒婷、顾城等。有一次寄了几首诗给李思庚老师，得到了他的肯定，他还把自己收藏的《普希金诗选》寄给我，让我的信心更足。

　　我把所有的精力都用来读诗、写诗，白天上课写，晚自修也写，甚至半夜打着手电筒写。当一个人沉浸在诗歌的世界时，往往走在路上遇见一个事物，听到一首歌，甚至别人无意中说的一句话，都会触发诗意。好几年，我都生活在这种诗歌的包围中。

　　写作是一个人人生经验的反射，当时我仅有的人生体验来自乡村，来自乡情，来自亲情，来自乡村与都市的文化落差和碰撞。这是我写作的全部资源。

　　像我这种二十世纪七十年代初出生的人，既经历了中国乡村的兴盛时期，也看到了今日乡村的衰落。当然，这种兴盛和衰落都是相对的。

中国在二十世纪九十年代前，总体还是一个农业社会。以我所在的福建省武平县为例，全县大部分人口为农业户口，大部分人生活在农村，从事农业生产。农家孩子最大的渴望是能"农转非"，俗称"剥掉谷壳"。实现"农转非"的途径，一个是考学成为国家干部，一个是招工，但人数都非常有限，一个县有城镇户口的人是少数的。

人口聚集在乡村，乡村必然是兴盛的。像我的家乡川坊村，三千多人口聚集在一个不到两平方公里的山村里。每天清晨，村里的主干道上熙熙攘攘，乡亲们赶着牛，扛着农具，往田里赶。牛叫声，狗吠声，人说话的声音，交织在一起，热闹非凡。

有人口才能传承文化。我们村是个有几百年历史的乡村，基本保留了中国农村的风俗、人情和文化。像我的母亲不识几个字，但对农事非常熟悉，何时要播何时要种，红白喜事婚丧嫁娶等风俗，了然于心。生活在这里的乡亲都像我母亲一样熟悉农村的一切。

这种世俗社会已经深深刻在我脑海里，我所生活的乡村社会，所认识的人，所经历的事件，所知道的故事，对于原乡的怀念，都是我写作的素材。这些，在所写的诗歌里都有体现。

中国改革开放后，城镇化的抽水机把乡村的人抽到了城里。现在的乡村，虽然房子变新了，但相比以前，确实是凋零了。平时村里以老人居多，村小学的人越来越少。我们家原来有块水田，据说是我们自然村单体面积最大的一块田，以前叫"九担谷田"（应该是可以收割九担谷子），也早已荒废多年。在七十年代中的时候，我们村还在大力组织开垦，甚至把村头的"水口"之地也开垦成水田。当年的青年突击队长林建华校长如今也六十多岁了，有次和我提起当年古树参天的家乡"水口"，连连说可惜了，那种痛惜之情，无以言表。最近我在村的微信群里看到，有人建议在村里筑坝修水库，这个提议得到很多人响应。从毁"水口"的古树林开垦水田，到想毁水田筑水库，就发生在短短四十多年的时间里。

这背后当然是乡村生活的巨变，人们观念也跟着发生变化。"绿水青山就是金山银山"成为中国人的共识，建设美丽乡村，找回乡愁，是人们的共同追求。随着社会的发展，我们没必要回到田园牧歌的生产方式，乡村的人情交往也随着信息化时代发生了巨变。

故乡已经回不去了，但乡愁无法忘却，还停留在我们这代人心里。三十年前，我恰恰用诗歌记录了这段乡愁，今天把她翻出来，发现珍藏的记忆是如此弥足珍贵。

三十年前，我是从乡情出发开始写诗的，参加工作走入社会后，更多的是用诗歌表达事业奋斗或追求爱情的苦闷与喜悦，通过诗歌感悟人生和人性的复杂多变。但写诗毕竟是属于青春的事业，从1988年写第一首诗，到1998年写最后一首诗，我整整写了十年的诗，诗歌也伴我走出了青葱岁月。

十年的诗歌写作，作品留下不少，自己满意的作品并不多，但诗歌训练了我的文字功底，酝酿诗句的过程，丰富了我的语感，磨炼了形象思维能力。

更重要的是，对诗歌倾注十年挚爱的我，从此拥有了一颗诗心。我想，有诗心相伴，人生会永远充满诗意。

不再提笔写诗已经二十年了，但诗稿一直保留着。有时候翻阅这些句子，感觉走失的情感还在闪现。时光无法逆流，记忆可以触摸。但愿过去的时光，今天依然能闪耀光芒，温暖人生之路。

2018 年 5 月 28 日于广州珠江河畔

目录

第一章　在一首熟悉的歌声中回家

第二章　画布上爬满歌声

第三章　让我进入一个字

第四章　时间是我唯一的财产

第五章　阅读一枚落叶

第六章　这泉水流淌的情怀

在一首熟悉的歌声中回家

今夜，我们就用蛙声交谈

一声又一声
一片又一片
午夜时分
枕着熟悉的蛙声无法入眠
蛙儿用洪亮的高音
吟唱身世

久违的田园歌手
熟悉的夜半歌声
我在你的歌声中走出山村
走进有霓虹灯的都市
而你从未离开过家乡
没离开过祖先的家园

今夜我们再次重逢

仔细辨认你的歌声

还是那么嘹亮熟悉

今夜，我们就用蛙声交谈

关于禾苗，关于水田

关于农事，关于山村

你尽情倾诉吧

我习惯了你的单调重复

你的歌声已刻进我人生

1991 年 5 月

水牛

劳作之余
卧在河边草地
静静嚼着绿色
听那个戴草帽牧童
吹奏竹笛

这个很民间的风景
成了农夫迎候春天的画面

在乡下的水田
经常可以看到默默的你
拉着农夫像你一样的命运
艰难地转啊转

其实你就是一个农夫

没有多少言语却很有力气
像许多农家孩子的父亲
只懂得消耗自己表述父爱

你平凡得走不进唐诗
即使在那个很民间的风景
也没有一丝浪漫念头

春分、谷雨、立秋、立冬……
你在农历中走完一生

1993 年 7 月

客家女人

山里女人终年忙碌农事
也忙碌山歌
她们像城里人分不清禾苗和稗草
分不清农事和山歌

男人出远门了
她们挑起生活的担子

她们种下作物也种下思念
此时，山歌成了田埂
让劳累的女人田间休息
山歌在空中轻盈盘旋
像护着家园一样护着作物

男人无法知道这一切

他们回来后

微笑在田埂上转悠

而田埂和作物始终缄口不言

一季，二季……

少女唱着山歌变成母亲

母亲唱着山歌悄悄消失

1990 年 3 月

闯入家谱的一页插图

乡村的正月二十
节日还在庭院打转
春雨已从山坳流出
旱田开始流泪

家门前的土泥路
同样伤感
乡村弥漫的潮湿
包裹我的心情

母亲挑起所有的行李送我回城
我默默跟随
看着摇摆的背影我坠入童年
雨丝中的母亲如歌谣让我动情
我的眼睛开始模糊

透过这灰白的景象

我闯入家谱的一页插图

1990 年 3 月

在一首熟悉的歌声中回家

雨后的太阳
晴朗了故乡的路
路边田野扬花的水稻
飞舞穗香迎接

回家，回家
母亲的欢乐和忧愁
时时勾起望乡情怀

有时候回家
是在一首熟悉的歌声中
有时候回家
是在一种气息中
有时候回家
是在蝉鸣和树荫的交错中

有时候回家

是因为一句话

有时候回家

是在他乡闻到了故乡味道

1992 年 6 月

走出童年的脚步

那段动情的音乐
在夜幕中奏响

这是记忆中经常发生的一夜
一个音符久久重复
如一个晚归少年
执着敲门

我辗转的心情
自然想起乡下的母亲
我含辛茹苦的母亲
母亲牵着我走出童年的脚步
和今夜的雨声十分相似

我在黑夜睁开眼睛

用心听着今夜雨声

1992 年 3 月

四季歌

春天
你提着启明星
寻找黎明
黎明在田埂上

夏天
你弓着腰背
田间阳光喧哗
你额头滚动的汗珠很亮

秋天
你从地里驮回月亮
星星疲惫地眨眼
你的影子在厨房里拉长

冬天

你坐在灯下

夜色冷得颤抖

你的眼里手里

却满溢着温暖

1988 年 11 月

远乡的樆木花

黄昏搂着二月飞雪

街灯拖长我的思绪

身旁无轨电车驶过

车顶覆盖的白雪似曾相识

我忆起故乡山里的樆木花

二月里，她就要绽放

二月里，父亲合上疲惫的眼

故乡的季节河开始涨满山沟

我的双眼带着细雨回到老屋

季风扫过

半山腰裸露出一片新土

四处渗血

1990 年 2 月

站在水田思考家史

谁说乡村的夜晚比都市宁静

置身于蛙声一片

和着昆虫的喧哗

我感受到乡夜的凝重

一如村民的这个季节

行走在乡夜

欣赏疏影构图的夜景

我赤足踏入水田

感受生命和季节的温柔

月光摇曳

眼前飘过一串回忆

夏日的油绿

秋日的金黄

村民的微笑

站在水田中

我思考家史

思考父兄的轮回命运

1991 年 5 月

从山谷挑回暮色

两条相吻的人工河
写着大写的人字
几座错落的绿馒头
年年岁岁喂养一群山里人

夏日，晨阳披纱
村头百年老杉
支起小村朦胧的风景
杉树下终年香火袅绕
留下一堆堆故事
轻轻地翻找
哪一个是爷爷奶奶的

日落时分
山道弯弯

飘下一群客家女

从山谷挑回暮色

1990 年 2 月

毫无预感翻开一页

山高路远啊

寒冬难以走进山里人的生活

今年冬天

远方终于寄来洁白的明信片

一片雪白

激动了好客的山里人

总说经年不遇

突然不期而至

此时的山野是一幅淡色油画

宛如多年无音信的朋友突然造访

惊倒一片忙乱

美丽的故事

新鲜的往事

当我们毫无预感翻开一页

总能发现惊喜

岁月就喜欢如此

阳光热情邀请

我漫步山野雪景

找不到熟悉的景象

那些忠于绿色的树和草

就因为一次的偶遇

纷纷扬起黄色宣言

恍如我们易变的人生

1992 年 1 月

村里的贞节牌坊

时间还来不及停下你的幻想
男人已离你而去
留下苦难和未出世的孩子

那些揭不开锅的日子
一把泪翻炒着一把辛酸
更多的时候
你抱着悲伤和饥饿等待明天

你的情感已在那天结冰
乡亲们的目光
儿子朗朗的读书声
扶着你的日子踽踽而行

岁月犁过你的额头

日子隐藏在沟痕中

儿子考上了状元

日子被锣鼓声唤醒

贞节牌坊竖在村口

你树根一样的脸绽放岁月

也许

你的身世是一个句号

你的命运

留给后来者一个感叹号

1991 年 5 月

卖豆腐的女人

而你是在我梦中

拉亮了灯光

夜的汗迹

来不及风干

你已经在门板上

切出一天的十二个时辰

匆匆碎步中

太阳开始醒来

吆喝声中

乡村开始喧哗

从你门口路过

一排排热气腾腾的豆腐

总会升起一种渴望

总相信你的暗屋深处

有位豆腐西施飘然而出

1991 年 5 月

第二章

画布上爬满歌声

我在时间边缘务农

我企望穿过这个黄昏

在黄昏断层找到位置

甚至变成黄昏的一部分

然而，我最终成为被月亮击倒的风景

我在时间边缘务农

雨中播种

风中收割

我繁殖农人的命运

以日月记录生命

把灵魂交给烟囱

把稻穗挂在门框

我在春耕的时候找到妻子

在农事季节生了孩子

在农闲时节离她们而去

1990 年 5 月

星星一样生活

总是想起家乡的青石板路

怀念肥胖的柚子叶

怀念那些莫名其妙的恋情

水井旁那棵忠厚的柚子树

挂满腼腆的柚子

羞于言行

整整十八个季节的轮转

青溜溜地挂在枝头

我没有奢望能求助于琼瑶

设计一场野花丛中互相追逐的梦境

我也偶尔回味

一个绝句牵出古马

奔跑在江南雨巷

告诉你

我什么也不想

我只想星星一样生活

1988 年 11 月

无数次伸手

夜色要覆盖那段旅程

我以虔诚敲开孤独

用恒心铺设脚下之路

我不愿触动大地神经

然而，故事轰鸣作响

远方的站台传来闪闪呼喊

一段身影摇曳其上

梦中的背影多次重现

我无数次伸手

无法触及发梢

1990 年 5 月

与风共舞

春天的路已走到尽头

夏日飒飒落步

相遇在城市边缘

一片片叶子

投入一池春水

醉倒在季节边缘

夜晚

开始一遍一遍回忆落月

寻思破季进入昨日

一条路尘封在昨日之外

不必等候

踏进春水

开始与风共舞

抖落一身绿色

1990 年 5 月

画布上爬满歌声

落叶从那首诗句飘落
熟悉的歌声越来越远

早春
细雪覆盖的枝头
冷影灼人

什么时候
大街飞扬绿色春衣
我呼吸她挂在嘴角的微笑

春天涨满路边小河
河中桃花鲜艳升起
她在岸边写生
画布上爬满歌声

1990 年 3 月

一支清新的曲子

我们伸手触到高昂的喉结

面对南方的艳美

喉咙颤动成熟声音

如云簇拥在我们唇沿

一支清新的曲子

游着悠扬音符

春天

河中涨满你美妙的微笑

跌落的酒窝

层层递送相思

律动我们心弦

远天蓝碧如洗

你奔跑的足音如此动听

我们漫游浩渺春色

绿河中你鲜艳如朝暾冉冉升起

我们如蜂向你拥去

投作一枚春天的叶子

1990 年 3 月

吹笛

你挥动牧鞭
满坡满谷的羊群朝我奔来
我以我的愉悦
抵住一切悲伤的回忆
当我知道流失的不只是昔日
日子如音符般
四处逃散

季节一个一个在指间滑落
今夜因此恬静
笛音婉转
故事无序
分散在漫山遍野
等我获许慰藉泪光闪闪
你已全无踪迹

1990 年 5 月

无法留住你的电波

我未曾老去

是季节已经迟钝

流动的雨水

模糊了记忆

夜鸟栖息过我的窗台

月光记录了优雅站姿

窗外绿色流动

美妙如肉质生命

轻快的样子

像个孩子自由驾驭生命

跨越朝升暮落

这画面又一次立体了灵魂

我的眼睛就这样接受了你的引诱

被你设计了表情

我无法留住你的电波

迈不出双腿

拿去吧

我的脚印也属于你

1990 年 6 月

一段音乐

我只能以树的方式

表达一种思考

我的心在你的故事中徘徊

你走得很远

我静立不动

这旋律突然如歌如泣

我不知道来自哪个季节的声音

给我某种暗示

当旋律如舞步飞起

我感觉到情绪的包围

回忆起某个早晨

回味太阳升起的喜悦

1991 年 1 月

火车离开江南

又有江南的风景潜入梦境

火车隆隆而来

拖来那个熟悉的清晨

以及包围我们的酸楚青春

友人纤纤挥舞的细手

推着火车缓缓跑动

车过隧道

掩盖了几度春秋

有泪你就流吧

暂时让火车替代岁月

越过一山又一山

趟过一河又一河

没有痕迹可以注释过去

没有方向可以感知未来

有关昨日、今日、明日

有关忧愁、悔恨、喜悦

统统回归最初

请以火车的速度

向江南告别

1991 年 1 月

纯粹的伤感无须忘却

阳光那么明媚

秋风那么温柔

你说，纯粹的伤感无须忘却

痛苦之后，留下一丝喜悦

朦胧得那么刻骨

爱神，你是拯救我的唯一绳索

你把我带入夜空

我第一次分辨不出星星和月亮

金色的沙滩

请到海边游玩

我们把一双双眼睛铺成沙滩

把大海想象成庄园

我们是庄园的主人

我们在黄昏行走

庄园没有路，我们跟着影子前行

我们用优雅的手势请茶、喝酒

我们邀请很多客人

我们以热烈的方式生活

抚摸灵魂的感觉

像天空一样坍塌

蓝色，我至爱的颜色

在你无声的攻击下

全部语音成为俘虏

秋风紧了

秋色要归土而去

我依依不舍

离别的情结

如奔驰的骏马

你就打开一扇门吧

让故事进来

让火光燃烧

让夕阳照射

我的灵魂不会走向冬天

我们渴望进入下一个旅程

挥挥手吧，恋人

明天我就要离你而去

当月亮从异地的天空升起

我就会想起你

想起美好往事

打点行装的时候我会留下微笑

我会在他乡的九月时时回忆

我会在炊烟飘起的地方

插上旗帜

1991 年 9 月

贴着夏天边缘

初夏的热风说来就来

贴着夏天边缘悄悄而至

缓缓风儿

携带季节的语言

灵感潜入风中

衡山路上

某种神秘诱惑

扑向一排法国梧桐

只是一夜之间

马路两边挂满绿色垂涎

1990 年 5 月

城市漫过寺庙

面对一片灰蒙天色

土地呼出绿色气息

脸上没有哀伤

城市冷漠延伸

无情漫过寺庙

香火弥漫街心

晨钟暮鼓依旧

这一方绿地停留在都市

1990 年 6 月

让我进入一个字

一个人的篝火

冬在切割太阳

阳光忽隐忽现

我孤旅于森林

拾起一枚成熟的松针

想象彼时季节的景象

我挥霍完所有的阳光

点亮松针

面对纵情跳跃的篝火

我抑抑地想起你

我不得不因为一个人的篝火

用忧郁证明你的存在

1989 年 1 月

桃花

积蓄了整个冬日的许诺
经不住一夜细雨的感召
悄悄爬上了枝头

这是怎样的一个过程
渴望急切的感情烈烈燃烧
在春还不丰满的发髻
升起一簇红色的云
让我终于知道
最红火最激烈的热闹
恰在最寂静之处

今日，面对这份感动
无论开口还是不开口
都无法表述一种难舍难分

你此时的寂静

是否她此刻的心情

我还是要离你远行

回望昨日的路

所有的缠绵飘落

满眼是你滴血的名字

1993 年 2 月

杜鹃花红

季节悄悄移动
当忧郁长成淡淡绿色
远山那株杜鹃
摇曳一簇至爱红云
像春天最初微笑
静静向你照射

我的心思是一把花雨伞
护你迎着细雨走近红云
我一边还亮起歌喉
让你的心绪在歌声中飞扬

你灿烂的笑容是一面镜子
让我照见活着的幸福

那是一种怎样的感动噢

怎样的一种渴望

抬头望天

我看见了自己的深情

此时，你的手伸向了那簇红云

在花枝的叹息声中

我的目光走向你背后

面对如水的长发

我无法表达沉默

1993 年 4 月

丁香夜放

秋水在我生命中流过

浪漫奔涌

激情跳跃

秋天最后的一片叶子

徐徐飘落

舞蹈的姿势

宛如丁香的种子

秋水汩汩而流

洗刷着伤痛

尘封的记忆唤醒

漫漫往事

心中的金黄依旧耀眼

回忆终究远去

一场细雨飘零

你默默绽放忧伤

1993 年 4 月

秋后路过稻田

丰收是阵阵欢歌

轻轻越过稻浪

金黄在歌声中远去

秋风掠过的稻田

无边的寂寞

听到了轻轻的哭泣

我问伤痕累累的稻茬

为何痛苦

稻茬回答

因为我对稻穗爱得深

1993 年 10 月

总在午夜时分想起那人

旋亮一盏台灯

我习惯了用黑夜书写孤独

跳动的句子

像秋后收割完的稻田

从容越过老家门前的树丫

静静落到我的案前

此时,我的细笔是一把锄头

在稻茬的方格之间

挖掘旧梦

午夜时分

一种声音

如约在方格间响起

如痛苦的竹笛声声

熟悉的松涛从音乐走出

击碎了黑夜的宁静

爱和恨

一片陌生

你交给我一个充满噩梦的夜晚

我却把它写成美丽的诗行

试试看

我的诗歌和你的沉默

在时间面前谁更长久

1993 年 10 月

我无法拾到细节

风把一片叶子带到我面前
我跟着叶子在走
路过金黄的稻田
我在稻穗中认出了她

我和叶子一起守候稻田
等待她的成熟
叶子已经发黄
随风而去
我依然在稻田等候

劳作的白天
我和农夫一起在风中旋转
宁静的夜晚
我紧紧盯住她的眼睛

倾听她的呼吸

她始终一言不发

而我的渴望日渐丰满

寒风来临的时候

农夫收走了她的故事

我始终无法拾到一个细节

1993 年 10 月

寄出情诗

寄出一片心思

我就变成邮筒

站在你必经的路口

盛开胸怀

等待你的细手

塞入希望

春天牵着绿色走过

它们的呢喃与我无关

我只等待你飘逸的身影

秋天搂着金黄飞过

它们的愉悦与我无关

我守着冬天迎接春天

盛开的姿势

一片迷茫

一往情深

也许
我的诗句已遗失在风里

1992 年 8 月

涛声依旧

帆船远去

渔火远去

涛声依旧

忧郁依旧

我的真情如岸

嫦娥在她的冷宫

轻舒玉指

月光如波轻荡

掀动裙裾

涛声是此时唯一的心情

1992 年 10 月

九百九十九朵玫瑰

我一直为你的花园守候

这些玫瑰

预支了我一生的热情

往事如风徐来

九百九十九朵玫瑰

次第开放又依次遗失

追逐的路上

那些痴情的民间歌手

像花瓣片片凋落

嘶哑的歌声

无法唤回走远的感情

我悲怆不已

为最后一朵玫瑰

泪流满面

夜风冷时

我仍然望着那枝玫瑰

月光下依然冷艳

我是否应该随歌声

离开花园

1994 年 9 月

花好月圆

月光静静地泻下
淋湿我的双眼
瞳仁劈出一座花园
老歌在花园上空飘香阵阵
是谁的呼吸
吻响我青春的穴位

我的眼泪在回忆中散步
在你精心设置的故事里
留下我一串串脚印

1990 年 4 月

让我进入一个字

让我进入一个字
这个没人去过的空间
我用了整个心占有

干旱了许久的冬日
终于迎来了雨季
我想在暴雨之后
用满天的云彩
写下一个字

1991 年 12 月

春意连年破碎

我认识你是因为一堵墙
你是这墙唯一的门
你挥挥手，心飘移过来
我欲跨步，你用目光止住

墙以坦然姿态诱惑我
拒我于几步之遥
我的情愫绕墙四下寻找
墙仍坦然

让风捎去口信
春意连年破碎无人知晓
亦是悲剧一场

1989 年 9 月

夸父追日

一时的冲动，跌跌撞撞
冲进夸父弃杖的密林
四处寻觅，留下脚印

鸣动阳光的歌莺最多情
频频暗示思维的光芒
你依然愚稚如杖
云的暗示，雨的暗示
风的暗示，雾的暗示
山的暗示，水的暗示
拨不亮你目光的灵性

谣言已经四起
昨夜，又一风干白发
痛苦无处藏匿

1989 年 10 月

初恋

你似乡村晨雾
太朦胧了
朦得连青山和白云
都分不明白

你像常青树
太硬了
硬得连冬天
都扎不上根

你如初春细芽
太嫩了
嫩得连绿色
都站不起来

你若迷人的海岸线

太美了

美得连海水

都按不住心

1989 年 5 月

给你

因为爱你
　这颗心剧烈跳荡
　　把燃烧在肌肤上的温度
　　给你

因为没有勇气
　早就写好的情诗
　　藏得发了酵
　　　连同浓香一起
　　　给你

因为想见你
　编织了一个美丽的借口
　　昂首挺胸
　　　踏着别人理解的目光

捧一束紫丁香
　　给你

不知是别人美丽了你
　你
　　才爱我
还是为了美丽别人
　你
　　才爱我
我惴惴地问

你笑成一只鸽子
说是
　因为要吃饭
　　你
　　　才吃饭

1989 年 5 月

第四章

时间是我唯一的财产

钟声挂满枝头

阳光遍抚绿叶

校园常青的女贞树

如田园青麦

拔节而长

晨钟响起

钟声麦子般挂满枝头

叶子上抒情的露珠

流泻母性之光

默默无言

为又一季日渐丰满的麦子而泣

中断的口琴

平静滑过子夜

有些伤感

躲入留言簿

那些共同用目光温暖老师的朋友们

不要伤悲

晨钟敲碎了甜梦

迎接我们有美丽朝暾

你的头发日见泛白

这里最田园的书室

植不起你的乌发

筆白闪闪

那些共同用目光温暖老师的朋友们

摄下这些景象吧

我们用尽一生的感情来曝光

1990 年 3 月

走在社会边缘

听着轻曼的午餐音乐

我在窗口凝望

大街流动的黑发

和阳光的流向一致

那些惯于流动的人

和阳光的想法一致

他们确信

阳光下游还是阳光

我的目光含水，柔软

脉脉渗情，红灯也拦不住

款款落在风韵犹存的少妇身上

坐在自行车前杠的孩子

无邪，纯洁，美丽了他母亲

街心公园的绿意掠去我所有目光

和成熟的季节一致

弥漫母亲的品格

潜入灵感

时间停留在这里

我所生活的田园

驻足在大街边缘

田园的诗歌和音乐日夜簇拥我

我记不清多少快乐

滚过昨日黄昏的绿草坪

大街上的风和阳光

擦亮过我的脸和眼睛

给了我强健体魄和动人歌喉

如今，我挚爱的师友们

忙着给我送来祝福

声声如盈

我走在社会的边缘

含笑而不语

我相信挚爱们的赠言

会在深夜发光

我也深信

脚印铺在地上会成为道路

1990 年 5 月

记忆之海

我不再纯粹

意识滑行

点亮智慧火花

灵感迸发四射

我静静立着

接受智慧的馈赠

我没有礼物与你交换

我的皮肤黝黑如天鹅

整个夏天不穿衣服

扑闪聪颖之光

灵感化水

我在海中矫游

激起浪花瓣瓣

我爱海

水裸露的肌肉腰腿

我年轻的父亲死在海里

墓碑漂移

母亲点燃季节祭奠

一伸入水就触摸到他的灵魂

四周一片汪洋

翻滚没有层次的呻吟

我相信我们的爱驻扎这里

便会永恒

1990 年 5 月

一个没灯的走廊

孤独使我纯真

精辟透明

我潜入雨夜

没有任何表述

我想弄明白

一个没灯的走廊

前人是怎么走过来的

他们是怎样找到了诗歌和音乐

外面的夏天

脉络纵横

我听着一枚叶子走过的路

那些挚爱生活的叶子

如何知道季节延伸的方向

无家可归的人

我的情愫与你做伴

前方没有沼泽

我已准备好了篝火

不要叹息

带着你的情人

我们一起为她祝福

我们一味纯真

我们亲近孤独

我们营造自己的季节

我们筑起篱笆保护自己

1990 年 5 月

回到森林

风徐徐而来的时候
时间在疏解太阳
这舞蹈的形象
宛如太阳的语音
理解她的美丽与富有吧
绿色迷失在回家路上
阳光碎片已繁衍满地

所有的季节为她歌唱
表达青春和富有，远古和不老
所有的歌声找不到语言
关于阳光和雨水，死亡和墓碑
她凝重和沉默的方式
大山要承受一生

旋转的树龄

起伏的情绪

时隐时现的春天

生命的秘密

投影在死亡的月份

我悒悒而来

带回城市的灯光

我踩着你的日月星辰

我的情感试图在绿色中升华

我的目光像你的身体直插云霄

始终无法拾回最初的承诺

回到秋天吧

回到我泪流满面的少年

这些生命的载体

流自你密密麻麻的乳房

清澈的身影

轻快的步伐

回到我母亲的水田

1991 年 4 月

除夕之夜

起风的乡野
一种感觉从手心升起
如阳光正面深入瞳孔
那个季节特有的想法

久旱的诗句
像盼一场雨一样
盼望降临
没有什么预示
依然如期而至
像一个婴儿在黄昏扑向母亲

没有白雪的夜晚
面对屋外的寂寞
我一直在想象

梅花的抒情方式

我还在想象

远方的生灵

如何以燃烧的方式怀念白雪

死去的灵魂如何抒写挽歌

我希望此时就来一场雨

走失的岁月

在瑟瑟雨中节节返青

太阳早已落入时间之海

海波递送的余晖

翻滚凄美歌声

站在时间尽头

渴望一次生命分娩的过程

午夜的风在我笔尖流远

鞭炮的声音把日子惊醒

烟雾飞扬冷夜的样子

含蓄如民歌

刻入我记忆

在岁月旋转的灵魂中

做一次深刻的旅行

1991 年 1 月

我的孤独是一支笔

假使有时间隧道
我也无法返回
只能一路前行

时间给我设置了一切
我常常思考
如何在公正的时间面前
勇敢地跨出一步
跨出令人心碎的一步
即使踏进一片漠然

当我的孤独只有时间
当我的孤独只有一支笔
当我的笔尖在孤独思考
时间离我远去

时间给了我汗水

汗水浇灌着我的理想

理想养育着我的灵魂

我在汗水中长大

我在理想中哭笑

我在灵魂里活着

我只属于时间

时间安排了一切

我闻到了无邪的气息

一种天真的气息

让我泪流满面的气息

生命之水啊

流吧，流入混沌的世界

让善良、扭曲、误解、埋怨、后悔

四处流淌

1998 年 6 月

时间是我唯一的财产

生命中的一段倾诉

晨起是露珠

午间是炽热

黄昏是落霞

回忆是一根难以摆脱的绳索

我多么想倾诉

我多么想歌唱

夜幕已拖着红霞远去

淡淡的夜色

我品出几许哀愁与悲壮

我是否那支找不到声音的孤笛

悠扬远去

颂歌远去

时间是我唯一的财产

如歌的日子

飞逝的彩虹

我始终无法成为时间的主人

孤独的夜晚

我以沉默的方式

纪念一首老歌

当月光走远之时

黑色逼近了我

寻寻觅觅中

像一只鸽子

突然失去了光的幸福

1998 年 8 月

飘荡的生命

想象与现实总是背道而驰
生命是表达一种过程
面对各种困惑
表达什么，如何表达
没有答案，一片空白

语言已无法表达
真爱和幸福
也许用鲜花和荆棘
更能表达爱的方式
我已语无伦次

欲火，这可恶之火
为何总是经久不息
何处吹来阵阵热风

通红如血

生命的永恒
逼迫我紧紧追问
幸福有无花季
是什么吹跑了幸福
如蒲公英飞舞无定

放飞生命的时刻
我封闭了自己
刻骨的痛苦无法唤醒
如雷的响动没有到达

当忧郁又一次飞临
我已经感受不了忧伤
难道飘荡的生命
永远没有寓所
只能与风为伴

与夜为邻

温情的港湾
停留的是一个短暂
太阳再升的时候又要起航
飞吧，飞吧
思绪飞扬
我闭上眼睛

1998 年 5 月

希望的太阳花

叹息的历程

旅途多么遥远

眼睛是夜的表白

在那个乌黑的世界

追求明亮，一如追求幸福

思绪涌动，无声拍打心灵

决堤的痛苦，释放的留恋

在美好中横冲直撞

留下点什么

挥洒点什么

无序的记忆

难以挣脱向往的树梢

起风了，悸动的感觉

颤动时空的光芒

迷茫已找不到归程

跌落已找不到思绪

夜归的人们

永远是一个过客

即使以树的方式

也难触及欲望的深渊

海水漫过

至爱的土地，面目全非

种下黑夜

白昼来临

希望的太阳花

是否会如期开放

1998 年 8 月

第五章

阅读一枚落叶

日子

日子
你是最致命的病毒
谁也无法躲避你无声摧残

我想做最执着的杀手
向你射出一粒粒子弹

1991 年 10 月

方言

旅途有了同乡

方言

就成了彼此的行李

里面装的

全是沉甸甸的名字

山的

河的

人的

土特产的

风俗人情的

把旅行

挤得鼓胀鼓胀

1989 年 11 月

明天

明天是这样的一天

当你明白的时候

是今天

当你不明白的时候

是明天

1989 年 5 月

名字

自从母亲的舌尖飞出

人们就轻而易举找到我

现在才明白

原来我的名字

是一个位置

1989 年 5 月

清明

清明隔着两个世界

清明不是一层薄纸

清明是一座墓碑

每逢这天

生活在清明之内的人

纷纷给清明之外的人

遥寄祝福

生者和死者做一次轮回

1990 年 3 月

口琴

去找一支口琴

我有好多好多心事

口琴有二十四格

刚好储存我一天的事物

琴声

婉转

但吹入一个音符

又吸出一个音符

吹出的烦恼

又从耳朵跑回

1988 年 11 月

一枚落叶

一棵树的存在
就是人生的模式
叶落
归根

躺在我手心的落叶
乡愁写得泛黄
这是一个游子的日记

欣赏落叶的时候
我想到了某个爱情故事
落叶和人类一样
同样走过有灵魂有感情的一生

落叶记录了一棵树的人生

阅读一枚落叶

我们感知了整片森林

读懂了整个秋天

落叶不是树的翅膀

却帮助树木越过一个个山头

我相信

它的飘落和流星的飘落

有着同样的意义

1990 年 4 月

陨石

岁月穿梭在你我之间

面对一方古井

竭力证明存在理由

引进太阳

移入月亮

往事袅袅

记忆从古井逸出

岁月落入古井

没有棱角

像一块陨石

1989 年 11 月

水中月

风经过水面
月亮微微颔首
我经过水面
月亮默默无语

水中的月亮
打湿过猴子捞月的故事

人类第一次开始找水
就在水中发现了月亮
而风
毫不客气吹走人类第一个理想

1989 年 11 月

垂钓

当季节悲伤成河
记忆弯成鱼钩
爱情抽丝成线

雨中，我披蓑戴笠
立于河岸垂钓
离水三尺三

雨声凄凄
有关姜太公的典故
紊乱爬上耳边
太公钓到宰相的故事
已定格在水面
留后人垂钓

我忽然想到

人类图腾的历史

不就是一场垂钓

饵在水之上

鱼误影为饵

1989 年 11 月

酒

当一段光阴的故事
久久停留某个空间
便成为酒

我眼前这瓶透明的液体
以一种传统的诱惑吸引我
瓶中伸出一双手
拉住了我
牵我穿越古人走过的路
越走越快
越走越远

1992 年 7 月

火

一个物体走向另一个物体
一种品格走向另一种品格
一个灵魂的诞生
扭曲
覆灭
跃影灼灼
没有语言可阻挡你的意志

有时，你似水温柔
把爱情装点得多姿多彩
你的微笑
赐予我光和热
火，借助飞翔的翅膀
以情人般的眼光放送
完成生命的飞翔

你也钟情那个液体吗

你被它直取灵魂

你对着寂寞挥刀狂砍

耗尽元气

你始终是维系自然意志的一把利剑

疾恶如仇也罢

失去理智也罢

你多变的品格

如你多变的外形

你奔放不羁

不改初衷

以思想者的目光穿行世间

以护卫者的手段维系思想

你的路是一条河流

我逆水而上

1991 年 9 月

土

就是这么一种事物

给我站立的存在

给我生命支撑

她平凡丑陋

如我日见衰老的母亲

她无私无惧

如我深深挚爱的母亲

她掩隐自己生命

为另一个生命消耗

她高尚如我母亲

她以她的强大

涂抹忧伤和泪痕

当她抱住生命深切凝视的时候

我深深为她的孤独震撼

她博大精深
如我崇敬的智者
她深远的品格
如我膜拜的智慧
她思想光芒照耀的情感高地
又胜于智者

我的生命由她点燃
当时光挥霍余烬
请让我做土

1991 年 9 月

这泉水流淌的情怀

古田会议

谁会料到
一个穷山沟里举行的一次会议
有如此不凡意义
一个政党和一根枪杆子
从此团结得亲密无间
把三座大山
打得支离破碎

那年冬天
一位湘江汉子
手握镰刀和铁锤
大步流星
风雨兼程
来到古田

他在思考一个问题

驱赶中国大地的苦难

靠什么力量

"星星之火"

古田的劳苦大众给出答案

那时寒冷的闽西

炉火正旺

他把一种思想放进炉火

烧得通红

再伸入中国五千年的历史淬火

高高举起镰刀和铁锤

猛烈敲打

流寇主义，个人主义

主观主义，军阀主义

盲动主义残余……

四处溅洒，化为尘埃

他敲出星星之火

敲出一粒粒饱满的种子

那时苦难的中国大地

却是土地肥沃

适合种子的生长

他带走了闽西的一帮耕作能手

在雪山和草地

在劳苦大众的心田

不屈地播种

种子像火一样燎原

长成二万五千里长城

耻辱、苦难挡在墙外

钟爱的人民揽入胸怀

枪炮声渐渐远去

古田成了历史厚重的一页

这次会议，仍像一股清泉
滋养一代又一代中国人

有人说
这泉水流淌一种精神
叫老区精神

1996 年 10 月

汉子之泪

一九九六年八月八日早晨

一位站在窗前的孩子

面对窗外不停的雨

浮想翩翩

这纷飞的白色小精灵

让他想象种种美好故事

此时，一只巨大的鳄鱼

在不远处垂涎欲滴

口水和着眼泪

恣意横流

时间在淫威中

立成一排排利齿

扑近，扑近！

终于扑向孩子

撕心裂骨

击倒了一位母亲

这只叫洪水的鳄鱼

见生灵就吞

见美好就毁

蹂躏一幅美丽田园山水

一位身材魁梧的硬汉子

目睹此情此景

热泪盈眶

他绾起裤腿

冲入还在施虐的洪水

冲入一群钢铁铸成的橄榄绿

一群用特殊材料锻造的镰刀和铁锤

用一种精神和宗旨

在洪水中筑起一道道长城

围起一个又一个安全地带

在一个千人大会上

说起洪灾

这位汉子泪流满面

也许是为被洪水冲走的孩子

也许是为人间涌动的真情

这情节成了一条报纸新闻

成了抗洪图中的感人一页

他流出的是泪

落下的是情怀

1996 年 8 月

附　录

内心的篝火照耀一生

朱佳发

冬在切割太阳

阳光忽隐忽现

我孤旅于森林

拾起一枚成熟的松针

想象彼时季节的景象

我挥霍完所有的阳光

点亮松针

面对纵情跳跃的篝火

我抑抑地想起你

我不得不因为一个人的篝火

用忧郁证明你的存在

——《一个人的篝火》

我们就从这首《一个人的篝火》进入林德荣的诗歌。

和着柴火燃烧的火焰升腾跃动的节拍，人们在野外享受无拘无束的放纵——篝火是一群人歌舞、狂欢的载体，是欢乐的中心。情感是需要放纵的，集体的放纵是情感的蒸腾，比如山野某夜的篝火晚会，总能照亮聚众狂欢者彼此隐藏的内心世界，这内心世界，在放纵中燃烧，在燃烧中忘乎所以，在忘乎所以中完成心与心之间的通航。

而诗歌《一个人的篝火》，却为我们展现了完全不同的场景：冬日，太阳归隐之后的傍晚，"一个人的篝火"在"纵情跳跃"，一个人抑抑地想起另一个人，用忧郁证明另一个人的存在。这时，独自点燃篝火，独自挥霍篝火（就像"挥霍阳光"一样）的"我"，面对这一宗教仪式般庄严的篝火，不是逃遁和内闭，而是直面和敞开，在内省般的释放中，完成对一个人神圣的念想。

这一个人是谁？一般情况下，人们会直观地理解为这是一首情诗，青春年少的诗人以特别的方式思念他心仪的暗恋对象。事实上，我们不必纠缠于这一个人是谁，这一个人也不必是特指的那一个。这个人可以是母亲般伟大的存在，也可以是所有的亲人；可以是某一个窈窕淑女，也可以是所有善良美丽的女子；可以是一个故事，也可以是所有与故事有关的事物和记忆，以及圣洁崇高的理想般的一切存在。

进入诗歌《一个人的篝火》，我们必须找到一条秘境，这条秘境，要由诗人内心牵引。

进入林德荣所有的诗歌，也都由诗人内心的向度牵引。这牵引我们进入20岁青春诗境的磁力，源于诗人内心的篝火，它的温暖与光亮，照耀着诗人的一生。

30年前，一位十八九岁的青春少年从闽西山村走进上海大都市求学。作为寒门子弟，作者远离都市的喧嚣与浮华，用读书与写诗的方式，寂寞而又充实地敬畏着激情燃烧的青春岁月。当时写下的这些诗歌，既是一位农村孩子在城里的心路历程，更是一条乡村与城市间灵魂邂逅的通道，氤氲诗句的，是一生难以忘怀、一生精神养分之源头的亲情与乡情，温馨动容而又伤感延绵。

诗人内心的篝火，就是亲情与乡情的燃烧，照耀诗人一生的温暖。

在《水牛》一诗中，诗人写道"春分、谷雨、立秋、立冬……／你在农历中走完一生"。"在农历中走完一生"的，既是驮着乡村运转的轴心——水牛，更是"只懂得消耗自己表述父爱"的父亲、"唱着山歌悄悄消失"的母亲。

母亲是子女所有爱与感动的源泉，是子女心中一团永不熄灭的篝火。

无论何时何地，母亲辛劳与无私的品质，是诗人内心一生挥之不去的精神舍利子，柔若蚕丝，坚如磐石。在《四季歌》中，拉动四季的，是水牛般的母亲的劳作，日出而作，日落不息，"秋天／你从地里驮回月亮／星星疲惫地眨眼／你的影子在厨房里拉长";过完年,要去城里上学了,"母亲挑起所有的行李送我回城／我默默跟随／看着摇摆的背影我坠落童年／雨丝中的母亲如歌谣让我动情／我的眼睛开始模糊／透过这灰白的景象／我闯入家谱的一页插图"(《闯入家谱的一页插图》);因此,身居大都市的儿子,母亲形象总萦绕在心,占据所有失眠之夜,"我辗转的心情／自然想起乡下的母亲／我含辛茹苦的母亲／母亲牵着我走出童年的脚步／和今夜的雨水十分相似"(《走出童年的脚步》)。

因此可以说,林德荣的诗与其说是致懵懂而单纯、多情而敏感的青春的记忆文本,不如说是献给母爱的灵魂颂歌。

参加工作之后,林德荣的诗歌写作越来越少,后来几近搁笔。而青春期的诗情与诗性,是伴随其一生的激情与温情之源。许多人惊讶于林德荣对几十年前诗作的完好保存,其实,他保存的是一份纯粹、通透的诗心和诗境,它如乡情与亲情,如埋葬亲人、养育自己的故土,如燃烧自己、温暖子女的母亲一样,是作者一生最值得珍藏与传承的精神篝火。